www.tredition.de

Über den Autor

Sascha Wollny, geb. am 24. Juni 1982, studierte Philosophie an der Universität Augsburg und promovierte über „Das vollkommene Leben".

Kontakt: sashw@gmx.de

Sascha Wollny

Wegweisende Grenzerfahrungen

Acht Geschichten über
außergewöhnliche Situationen

© 2021 Sascha Wollny

Lektorat: Katharina Witthuhn
(www.buchstabendreherin.de)

Verlag & Druck: tredition GmbH, Halenreie 40-44, 22359 Hamburg

ISBN
Paperback   978-3-347-22370-7
Hardcover   978-3-347-22371-4
e-Book   978-3-347-22372-1

Inhaltsverzeichnis

Vorwort..**7**

**Acht Geschichten über
außergewöhnliche Situationen**............................**10**

Emma und die fünf Finger des Lebens...................10
Gedanken zum Tag...17
Monika und der Eisbecher – lebe jeden Tag, als
wenn es Dein letzter wäre......................................24
Kassandras Kompass..30
Andreas, der Astronaut...36
Joachim und die Frage nach der Schuld.................42
Die schützende Hand..48
Tief vergraben..56

Nachwort...**62**

Vorwort

Wir Menschen befinden uns immer in gewissen Situationen: Oft können wir auf sie einwirken und sie selbst gestalten. Manchmal sind wir ihnen jedoch machtlos ausgeliefert und müssen uns fügen – diese Situationen nenne ich *Grenzerfahrungen*. Sie zeigen sich als besondere, nicht alltägliche Ereignisse und bringen uns an die Grenze von Leben und Tod. Der Philosoph Karl Jaspers[1] nennt in diesem Zusammenhang mitunter folgende Beispiele: Tod, Leiden, Kampf und Zufall. Eine Grenzerfahrung kann uns regelrecht den Boden unter den Füßen wegziehen: Dann schwimmen wir in einem reißenden Fluss, werden mal hierhin und mal dorthin gezogen. Alles, was uns bisher Halt gegeben hat, löst sich auf. Ein solcher Zustand ist für uns unerträglich. Derartige Vorfälle kommen normalerweise eher selten vor. Je öfter sie auftreten, desto schlimmer können die Auswirkungen auf den Menschen sein. Gleichzeitig bieten sie aber auch die Möglichkeit, dass wir hinterfragen, was uns im Leben eigentlich Halt gibt und was wirklich wichtig ist. Indem wir darüber nachdenken, erzeugen

---

[1] Im Folgenden habe ich auf Jaspers' Werke „Einführung in die Philosophie" (1950) und „Psychologie der Weltanschauungen" (1960) zurückgegriffen. Jaspers selbst verwendet den Begriff „Grenzsituationen".

wir ein Wissen, auf dessen Grundlage wir handeln und etwas verändern können.

Grenzsituationen bergen die Gefahr, dass wir uns den Kopf zerbrechen und statt Lebensfreude nur noch Lebens*ohnmacht* empfinden. So zeigt sich nach Jaspers entweder das Nichts – alles erscheint uns sinnlos, wir resignieren und verlieren die Hoffnung – oder wir fühlen, was trotz allem weiterhin da ist. Das ist allerdings widersprüchlich: Einerseits droht der absolute Untergang, andererseits können uns Grenzerfahrungen dazu veranlassen, die Perspektive zu wechseln und zu erweitern. So schauen wir nicht auf das, was wir verloren haben, sondern auf das, was wir besitzen. Grenzerfahrungen können zudem bewirken, dass wir wieder zu uns selbst finden und ein anderes Bewusstsein erlangen.[2]

Wenn ein von uns geliebter Mensch verstirbt, trifft uns sein Tod mit voller Wucht: Geradezu ohnmächtig müssen wir das Sterben des anderen akzeptieren, auch wenn es noch so schwerfällt. Vor allem wenn junge Menschen aus dem Leben „gerissen" werden, fragen wir nach dem Sinn und nach dem Warum. Solche Fragen entspringen quasi der Grenzerfahrung bzw. -situation „Tod" und zwingen uns regelrecht zum Nachdenken. Sie sind unausweichlich, außer man unterdrückt und betäubt sie, z. B. mit Alkohol. Sobald uns also das Leben

---

[2] Jaspers nennt es eine „Verwandlung unseres Seinsbewußtseins" (Jaspers, Karl: „Einführung in die Philosophie", S. 21).

einen heftigen Schlag verpasst, kommen wir ins Grübeln.

In unserem Alltag spielen derartige Fragestellungen oft keine Rolle. Wir werkeln herum und solange nichts Gravierendes passiert bzw. alles einigermaßen reibungslos verläuft, machen wir uns keine weiteren Gedanken. Für gewöhnlich denken wir nicht ans Sterben, obwohl wir eigentlich wissen, dass der Tod allgegenwärtig ist. Wir verschließen die Augen vor ihm und sind zu oft die Getriebenen: Wir reagieren (statt zu agieren), sind eingespannt (statt entspannt) und hetzen (statt zu verweilen). Wenn wir uns den Tod jedoch öfter bewusst machen würden, könnten wir sogar etwas gewinnen: die Fähigkeit, die Kostbarkeit des Lebens zu sehen. Wenn uns das gelingt, blicken wir mit anderen Augen auf jene Grenze von Leben und Tod.

Acht Geschichten über
außergewöhnliche Situationen

Emma und die fünf Finger des Lebens[3]

Emma weinte. Emma weinte, weil sie traurig war. Ihr Vater war gegangen, ohne sich von ihr zu verabschieden.

Emmas Vater Bernd war beruflich viel unterwegs und oft die ganze Woche weg. Meistens fuhr er am Montagmorgen zur Arbeit und kam erst freitags nach Hause. Emma hasste das! Sie wollte mehr Zeit mit ihrem Papa verbringen und war deprimiert, wenn sie ihn so lange nicht sah. Ihre Mutter Sibylle versuchte sie zu trösten, aber wirklich helfen konnte sie ihr nicht.

Schlimm war es, wenn Bernd am Sonntagabend spontan zur Arbeit gerufen wurde. Dann verließ er nämlich das Haus, ohne sich von seiner Tochter zu verabschieden, weil sie bereits schlief – und so war es auch dieses Mal wieder geschehen. Sie war empört und traurig zugleich. Aber ein kleines Trostpflaster blieb ihr eigentlich immer: Sie und ihr Papa chatteten oft, wenn er

---

[3] „Emma und die fünf Finger des Lebens" erschien im Zuge des SpaceNet Awards 2018 in: Bomhard von, Sebastian (Hg.): „Quintessenz. Geschichten und Bilder", S. 185-189.

auf Dienstreise war. Es hatte sich die Gewohnheit ergeben, dass Bernd seiner Tochter immer frühmorgens schrieb, noch bevor er zu arbeiten begann. Emma hatte extra deswegen ein Smartphone bekommen, um so mit ihrem Vater in Verbindung zu bleiben, wenn er wieder beruflich unterwegs war. Sie durfte seine morgendlichen Nachrichten allerdings erst am späten Nachmittag lesen, wenn sie von der Schule nach Hause kam. Das hatte sie mit ihren Eltern vereinbart.

Als Emma an diesem Montagnachmittag heim kam, eilte sie direkt in ihr Zimmer. Dort lag das Smartphone, auf dem angezeigt wurde, dass eine Nachricht ihres Vaters auf sie wartete. Sofort öffnete sie den Chatverlauf. „Liebe Emma", schrieb ihr Vater, „bitte entschuldige, dass ich mich mal wieder nicht von Dir verabschieden konnte. Aber als ich gestern von meinem Chef angerufen wurde, hast Du schon geschlafen. Ich wollte Dich nicht wecken, sondern habe ganz leise meine Sachen gepackt und bin losgefahren. Hier ist es eigentlich nicht sehr schön, aber ich sitze sowieso den ganzen Tag im Konferenzraum. Jetzt geht es dann gleich los. Wie war Dein Start in die Woche? Drück Mama von mir. Liebe Grüße, Papa". Emma antwortete: „Hallo Papa! Du bist mal wieder einfach so weggefahren. Du weißt, dass ich das nicht mag. Mama sagt, ich soll Verständnis haben. Nun ja, ich gebe mir Mühe. Mein Start in die Woche war total interessant. In der Schule haben wir in Biologie ein neues Thema angefangen. Unser Lehrer Herr Höllerbauer hat mit uns über das Leben gesprochen. Oh! Ich muss jetzt erstmal Schluss machen. Mama ruft mich zum Abendessen. Liebe Grüße, Emma". In den kommenden Tagen chatteten Emma und ihr Vater täglich: Bernd schrieb frühmorgens vor der Arbeit und Emma spätnachmittags. Dabei ging es in dieser Woche immer wieder um das Leben – das neue Thema in Emmas Biologieunterricht. Die Tage vergingen und am Donnerstag fragte sie ihren Vater: „Worauf kommt es im Leben eigentlich an?" Sie war gespannt, was er antworten würde, und freute sich bereits auf den nächsten Tag.

Als Emma am darauffolgenden Freitag nach Hause kam, sollte nichts mehr so sein, wie es einmal war. Sie öffnete die Haustüre und spürte, dass etwas nicht stimmte. Anstatt in ihr Zimmer zu gehen, wie sie es sonst immer tat, ging sie in die Küche. Dort sah sie ihre Mutter am Küchentisch sitzen und bitterlich weinen. Emma war wie vor den Kopf gestoßen und wusste nicht, was los war. Sibylle bemerkte ihre Tochter, hob ihren Kopf und schaute sie an. Emma sah die roten, geschwollenen Augen ihrer Mutter. „Es muss etwas Schlimmes passiert sein", befürchtete Emma. Sibylle nahm ihre Tochter ganz fest in den Arm und drückte sie minutenlang. „Was ist nur vorgefallen?", überlegte das Mädchen. Aber ihre Mutter brachte kein einziges Wort heraus. Emma überkam das Gefühl, ihr Herz hätte aufgehört zu schlagen. Sie verspürte eine grausame Angst zu erfahren, was geschehen war. Dann sagte ihre Mama mit dünner Stimme: „Zwei Polizisten waren vorhin hier. Sie haben erzählt, dass Papa einen Autounfall hatte." Sibylle brach in Tränen aus und konnte nicht weitersprechen. „Mama! Was ist los? Wo ist Papa? Wie geht es ihm?", fragte Emma entsetzt. Doch Sibylle konnte diese Fragen nicht beantworten. Sie schluchzte: „Es tut mir so leid." Da begriff Emma allmählich, was passiert sein musste. Ihr kleines Herz zog sich zusammen und sie begann, am ganzen Körper zu zittern. Ihr Papa war bei diesem Unfall gestorben. Ihr Papa war tot. Dieses tragische Ereignis war für Emma der größte Schock ihres Lebens. Sie hatte ihren Vater verloren. Er war für sie durch nichts und niemanden zu ersetzen. Sie wollte wissen: „Warum? Warum musste mein Papa sterben?" Das Leben schien ihr so ungerecht.

Die Stunden vergingen und es wurde Abend. Emma war müde und kraftlos. Sie schleppte sich in ihr Zimmer, setzte sich auf das Bett und schaute fast gänzlich abwesend auf ihr Nachtkästchen – bis sie plötzlich ihr Smartphone erblickte. „Hat Papa heute Früh noch geschrieben?", fragte sie sich ängstlich. Sie griff nach ihrem Handy. Ihre Hände zitterten wie verrückt, weshalb sie aufpassen musste, dass sie das Smartphone nicht fallen ließ. Dann sah sie die neue Nachricht ihres Vaters.

Ihr Herz klopfte, als sie folgende Worte las: „Liebe Emma, ich habe heute Nacht kaum geschlafen. Deswegen bin ich so früh wach und kann Dir etwas ausführlicher antworten. Du hast mich gefragt, worauf es im Leben ankommt. Nun ja, ich habe mir Gedanken darüber gemacht und glaube, dass Du das Wesentlichste und Wichtigste im Leben an den Fingern Deiner Hand ablesen kannst. Jeder Finger hat eine Bedeutung und spricht mit Dir.

Der *Daumen* sagt Dir, dass es im Leben darum geht, glücklich zu sein. Du musst Deinen eigenen Weg finden und wenn Du Dich für einen entschieden hast, geh ihn. Wechsel nicht ständig hin und her. Außer wenn Du merkst, dass Du Dich total verrannt hast, dann musst Du ihn natürlich ändern und eine andere Richtung einschlagen.

Der *Zeigefinger* meint: Du sollst immer über Dich und Dein Leben nachdenken. Wenn Du kopflos vor Dich hin lebst, kann es sein, dass Du von Deinem Weg abkommst. Vielleicht hast Du Dich schon für eine bestimmte Richtung entschieden. Pass auf, dass Du Dich nicht verläufst.

Der *Mittelfinger* steht für ‚leben und leben lassen‘. Das bedeutet einerseits, dass Du auf Dein Glück schaust und andere ihr Leben führen lässt – und zwar nach ihren

Vorstellungen. Sei tolerant gegenüber anderen Lebens-
formen und versuche nicht, anderen Deinen Stil aufzu-
zwingen. Andererseits heißt es, dass Du zwar aktiv am
Leben teilnehmen, Dich aber auch – von Zeit zu Zeit –
zurückziehen sollst.

Der *kleine Finger* ermahnt Dich, ein maßvolles Leben zu führen. Nimm nicht zu viel, aber auch nicht zu
wenig. Nimm genau so viel, wie Du brauchst, alles andere lass stehen. Sei gelassen und rege Dich nicht über
Dinge auf, die Du nicht ändern kannst. Wenn es zum
Beispiel regnet, dann regnet es eben. Es gibt keinen
Grund, sich darüber zu ärgern.

Jetzt meinst Du sicherlich, dass ich einen Finger vergessen habe. Das habe ich aber nicht, liebe Emma. Der
Ringfinger kommt zum Schluss. Seine Ringe zeigen
Dir, wie schön das Leben sein kann. Sie stehen für all
die engen Beziehungen, die Du zu anderen Menschen
hast. Dieser Finger bittet Dich, auf die Ringe achtzuge-
ben und sie zu pflegen. Es geht nicht darum, so viele
Ringe wie möglich zu haben. Es reichen ein paar wenige, die Dein Leben bereichern und verschönern. Je älter
die Ringe sind, desto edler können sie sein, wenn Du sie
denn gut behandelst.

Das sind *die fünf Finger des Lebens.* Sie sind immer
bei Dir. Du siehst sie jeden Tag. Und wenn Du lernst,
mit Deinem Herzen zu hören, kannst Du auch wahrnehmen, was sie Dir mitzuteilen haben. Sie sagen Dir, wor-

auf es im Leben wirklich ankommt. Vielleicht findest Du einen bestimmten Finger wichtiger als den anderen, aber dann irrst Du Dich. Denn nur, wenn sie alle fünf zusammen sind, ergeben sie eine Hand. Wenn ein Finger verletzt ist oder sogar fehlt, gibt es zwar noch die Hand, aber sie ist dann nicht mehr vollständig. Gib jedem Finger also seine Berechtigung und versuche, seine Sprache zu verstehen.

Liebe Emma, ich wünsche Dir so sehr, dass Du all das, was ich Dir gerade geschrieben habe, irgendwann umsetzt. Du bist zwar noch jung, aber eigentlich ist man nie zu jung, um das Wesentlichste und Wichtigste im Leben zu erkennen und daran zu arbeiten. Ich freue mich schon auf heute Abend, wenn ich meine kleine Emma wieder in den Arm nehmen kann. Ich kann es kaum erwarten, Dich und Mama zu sehen. Liebe Grüße, Papa".

Emma legte langsam ihr Handy auf das Nachtkästchen zurück. Das waren die letzten Worte ihres Vaters – die allerletzten. Nie mehr würden sie miteinander chatten, sprechen, spielen oder an einem Tisch sitzen. Nie mehr würde er sie ins Bett bringen und eine Geschichte vorlesen. Nie mehr würde er ihr einen Kuss geben und sagen: „Gute Nacht, mein Schatz, und schlaf schön!" Emma legte sich mit diesen finsteren Gedanken ins Bett. Warum ihr Vater gestorben war, konnte sie nicht begreifen. Sie war fassungslos und verzweifelt. Sie schaute ihre Hand an und ließ ihren Blick über die einzelnen Finger schweifen. Ihren Ringfinger schaute sie dabei lange an und versuchte mit ihrem Herzen zu hören, was er ihr sagen wollte. Als sie ihn eine Weile betrachtet hatte, vernahm sie plötzlich die Stimme ihres Papas: „Mein kleiner Schatz, ich liebe Dich!"

Emma weinte. Emma weinte, weil sie traurig war. Ihr Vater war gegangen, ohne sich von ihr zu verabschieden.

Gedanken zum Tag

Heute Nacht hatte Franziska gut geschlafen. Das war nicht selbstverständlich, denn in letzter Zeit lag sie nachts oft wach und fand keinen Schlaf. Sie wälzte sich stattdessen ständig hin und her und stand morgens wie gerädert auf. Aber an diesem Donnerstag sprang sie aus den Federn, machte sich im Bad fertig und ging die Treppen nach unten in die Küche. Ihr Mann Sebastian war schon zur Arbeit gegangen. Er hatte sich vor ein paar Jahren selbstständig gemacht und war jetzt sein eigener Chef in einem kleinen, handwerklichen Einmannbetrieb. Franziska setzte sich mit einer Tasse Kaffee an den Küchentisch und blätterte die Zeitung durch. Wie immer las sie als erstes die „Gedanken zum Tag" – eine interessante, philosophisch angehauchte Kolumne. Diese bestand aus einem kurzen Text, der dem Leser einen gedanklichen Impuls für den Tag geben sollte. Franziska mochte die Kolumne, gab sie ihr doch für einen kurzen Moment den Anlass, über sich und ihre Welt nachzudenken. Sie las:

Was macht mein Leben lebenswert?
Gesundheit? Geld?
Was ist mein Leben wert, wenn ich krank bin?
Was ist mein Leben wert, wenn ich arm bin?
Was macht mein Leben lebenswert?
Verantwortung? Liebe?
Für wen bin ich verantwortlich?
Für die Menschen, die ich liebe.
Machen sie mein Leben lebenswert?

„Das passt ja mal wieder sehr gut", dachte sich Franziska. Denn erst vor Kurzem war sie wegen ihren Schlafstörungen beim Arzt gewesen und hatte sich untersuchen lassen. Doch sämtliche Tests und Checks waren ohne Befund, sodass ihr der Arzt damals versicherte: „Alles im grünen Bereich. Sie sind kerngesund." Ihr Arzt hatte ihr Schlaftabletten verschrieben und gemeint, dass sich die Schlafstörungen bald legen sollten. Sie war erleichtert, denn sie hatte sich schon ein wenig Sorgen gemacht. Franziska blickte zurück auf den Text der Kolumne und versuchte, für sich die Fragen zu beantworten: „Das Leben ist für mich lebenswert, wenn ich gesund bin und gut schlafen kann, so wie heute", stellte sie glücklich fest, „und arm bin ich auch nicht. Wir wohnen in einem schönen Haus, haben zwei Autos und fahren jedes Jahr in den Urlaub. Ich bin für mich und mein Leben ganz allein verantwortlich, trage aber die Verantwortung für mein Baby." Ja, Franziska war schwanger. Sie hatte gestern einen Schwangerschaftstest gemacht und freute sich sehr, dass er positiv ausgefallen war. Ihr Ehemann wusste davon noch nichts. Franziska wollte es ihm am Wochenende sagen und war schon gespannt, wie er auf diese tolle Nachricht reagieren würde. Mit einem guten Gefühl und heiterer Laune blätterte sie die Zeitung vollends durch und trank gemütlich ihren Kaffee aus.

Als sie den letzten Schluck genommen hatte, hörte sie, wie die Haustüre aufging. Sie erschrak leicht. „Ach, bestimmt hat Sebastian wieder etwas vergessen", beruhigte sie sich. Um sicher zu gehen, rief sie ein lautes „Sebastian?" in Richtung Haustüre. Keine Antwort. Jetzt stutzte sie ein wenig, wollte sich aber nicht verrückt machen lassen und ging in die Diele, um nachzusehen. Etwas erleichtert stellte sie fest, dass es tatsächlich ihr Mann war. Er war ihre große Liebe und es machte sie stolz, dass er es endlich gewagt hatte, sich beruflich selbstständig zu machen. „Hast Du etwas vergessen?", fragte sie ihn. Er stand leblos und wie ein

Häufchen Elend vor ihr. Sie erkannte, dass sein Gesicht kreidebleich war und ihm Tränen in den Augen standen. „Was ist passiert?", wollte Franziska wissen, doch ihr Mann gab keine Antwort, sondern senkte den Kopf. Franziska machte sich Sorgen, ging auf ihn zu und legte ihre Hand auf seine Schulter. „Was ist los?", drängte sie ihn. Da hob er seinen Kopf und murmelte: „Ich muss Dir etwas sagen."

Beide setzten sich an den Küchentisch. Sebastian saß regungslos da, starrte vor sich hin und konnte Franziska nicht in die Augen schauen. Er fing an zu sprechen, brach ab und versuchte es mehrere Male erneut. Es fiel ihm sichtlich schwer, sich zu äußern. Schließlich gestand er, dass er seit Wochen ohne Arbeit sei: „Ich weiß gar nicht, wie ich es Dir erklären soll. Am Anfang blieben ein paar Kunden aus. Ich dachte, das sei nicht so schlimm, aber das Geld fehlte mir, um Material zu kaufen. Ohne Aufträge kein Einkommen. Um das Ruder herumzureißen, wollte ich in eine neue Maschine investieren. Ich habe gehofft, dass die Kunden dann wiederkommen. Also habe ich auf das Haus eine Hypothek aufgenommen, um die Maschine kaufen zu können. Aber das hat nichts geholfen. Am Ende musste ich Insolvenz anmelden." Dabei kam es sogar soweit, dass Sebastian nicht nur mit seinem Unternehmen in Insolvenz gegangen war, sondern ebenfalls mit seinem privaten Vermögen. „Alles Geld ist weg. Wir haben große Schulden", schluchzte er, „es tut mir so leid. Wir müssen das Haus verkaufen. Die Autos und alles andere wird gepfändet." Franziska konnte es nicht glauben, doch ihr Mann zeigte ihr all die Briefe und Mahnungen des Gerichts und der Bank. Es stimmte: Das Ehepaar war geradewegs in den Ruin geschlittert. Franziska war sprachlos und vor allem enttäuscht, dass ihr Mann erst jetzt mit ihr darüber sprach. Sie wusste nicht, wie sie reagieren sollte. Einerseits tat er ihr leid, andererseits war sie stinksauer auf ihn. Warum hatte er sie in diese ausweglose Situation gebracht?

Sebastian schwor, dass er alles wiedergutmachen werde. „Ich habe heute Abend einen Termin bei meinem Finanzberater. Er wird uns helfen", sagte er. Doch Franziska wollte davon nichts hören und zog sich zurück. Sie musste jetzt allein sein. In ihrem Kopf schwirrten die Gedanken wie ein Pulk Fliegen umher – und sie konnte sich in diesem Augenblick an keinem einzigen festhalten. Die Stunden gingen vorüber und der Abend brach herein. Sie lag oben im Schlafzimmer und hörte, wie ihr Mann das Haus verließ, um seinen Finanzberater zu treffen. Franziska hatte den Glauben verloren und sah nur noch einen großen, unüberwindbaren Schuldenberg vor sich. Irgendwann waren die Schmerzen und die Verzweiflung so groß, dass sie ins Bad ging, die Packung Schlaftabletten aus dem Spiegelschrank nahm und sie in ihre Hosentasche steckte. Sie blickte lange in den Spiegel. Und zu sehen war: nichts. Kein Lebensfunke, kein Blitzen war in ihren Augen zu entdecken. Innerlich zerstört ging sie in den Keller. Dort holte sie sich eine Flasche Wein und stieg die Treppen wieder hoch in die Küche. Sie setzte sich an dieselbe Stelle von heute Morgen, als ihre Welt noch in Ordnung gewesen war. Sie spürte einen Druck in der Brust, den sie kaum aushielt. Der Druck lag auf ihrer Seele wie zäher Nebel auf den Feldern an einem trüben Wintertag. Mit leeren Augen blickte sie in den Raum, sah die schöne, große Küche, die sie mit ihrem Mann gekauft hatte. Sie schaute hinüber ins Wohnzimmer, wo ein schickes Sofa und ein neuer Fernseher standen. Das alles und noch vieles mehr sollte bald nicht mehr ihnen gehören.

Warum hatte er nicht eher mit ihr gesprochen? Hatte er Angst? Wollte er den erfolgreichen Unternehmensgründer spielen? Warum hatte er nicht gesagt, was los ist? Hatte Franziska ihn mit ihrem Wunsch nach einem eigenen Haus zu sehr gedrängt? Sie holte sich ein Glas aus dem Küchenschrank und öffnete den Wein. Sie schenkte das Glas randvoll ein und trank es mit einem Zug aus. Warum hatte er sie angelogen? Warum nicht mit offenen Karten gespielt? Sie schenkte sich ein zweites Glas ein und trank auch dieses sofort aus. Vor ihrem inneren Auge sah sich Franziska mit ihrem Baby in einer kleinen, schäbigen Wohnung sitzen – verarmt und allein. Sie holte die Packung Schlaftabletten aus ihrer

Hosentasche hervor und drückte Tablette um Tablette aus den Blistern heraus.

Als sie alle Schlaftabletten einzeln vor sich liegen hatte, trank sie das dritte Glas Wein zur Hälfte aus. Erst jetzt spürte sie, wie ihr die Tränen über die Wangen liefen. Sie schluchzte. Alles hatte sie verloren. Die drohende Armut nahm ihr nicht nur all die schönen Dinge, wie z. B. das Haus, sondern auch all ihre Träume und Hoffnungen, ja, sogar ihren Lebensmut. Sie dachte an Sebastian und das Baby, das in ihrem Bauch heranwuchs. Franziskas Traum von einer kleinen Familie versank wie ein kleines Boot im schwarzen Ozean. Ein Leben in Armut wollte sie sich und ihrem Kind nicht antun. Ihre Gedanken wurden immer finsterer und Franziska spürte, wie ihre Lebensenergie von den Sorgen aufgesaugt wurde.

Sie öffnete ihren Mund und steckte alle Tabletten, die sie fassen konnte, hinein. Sie griff mit ihrer rechten Hand nach dem Glas. Franziska atmete schnell, zitterte und weinte. Sie schielte mit ihren Augen auf das Weinglas, das sie bereits an ihren Mund angesetzt hatte. Durch das Glas und die Tränen war ihr Blick verschwommen und doch sah sie die Zeitung von heute Morgen auf dem Tisch liegen. Dort stand:

Was macht mein Leben lebenswert?
Gesundheit? Geld?

Was ist mein Leben wert, wenn ich krank bin?
Was ist mein Leben wert, wenn ich arm bin?
Was macht mein Leben lebenswert?
Verantwortung? Liebe?
Für wen bin ich verantwortlich?
Für die Menschen, die ich liebe.
Machen sie mein Leben lebenswert?

Franziska legte die linke Hand auf ihren Bauch und schloss die Augen.

Monika und der Eisbecher – lebe jeden Tag, als wenn es Dein letzter wäre

„Lieber Theo, als wir uns das erste Mal sahen, habe ich mich sofort in Dein Lächeln verliebt. Es war so voller Liebe und Wärme, wie ich es bisher noch bei keinem Menschen gesehen und gespürt hatte. Deine liebenswürdige Art verzauberte mich und ich ahnte: Diesen Kerl werde ich heiraten.

Mir wurde bald klar, dass Du ein sehr unabhängiger Mensch bist. Du warst glücklich und Dir fehlte nichts in Deinem Leben. Auch ich nicht. Das Schöne an Deiner Unabhängigkeit war, dass ich in Dir keine Lücke ausfüllen oder irgendein Defizit ausgleichen musste. Ich konnte so sein, wie ich war und musste mich nicht verstellen.

Du hast mich mit all meinen Stärken und Fehlern geliebt. Und Deine Liebe war so echt und groß. Ich sei, so hast Du es mir erklärt, die Sahne auf Deinem Eisbecher. Erst war ich verdutzt und verstand nicht, was Du mir damit sagen wolltest. Doch es leuchtet mir nun immer mehr ein. Du hast öfter Sätze gesagt, die ich anfangs nicht begriff. So zum Beispiel auch an jenem Tag, als wir einen Einkaufsbummel machten. Wir gingen in eine Buchhandlung und stöberten in den Regalen. Ich fand einen Kalender mit Sprüchen. Weil ich wusste, wie sehr Dich solche Kalendersprüche nervten, las ich Dir vor: Lebe jeden Tag, als wenn es Dein letzter wäre. Du hast die Augen verdreht und meintest, dass das doch selbstverständlich sei. Erst heute weiß ich, was Du damit angedeutet hast.

Die Zeit verging und ich wurde schwanger. Deine Begeisterung darüber war für mich genauso schön wie die Freude über das kommende Baby. Mit Dir diese Freude geteilt zu haben, empfinde ich noch heute als Geschenk. Als unsere Tochter Svenja dann geboren war, warst Du in meinen Augen der beste Papa der Welt. Wohl kaum ein anderes Kind hat so viel Liebe erfahren wie sie, auch wenn ich zugeben muss, dass Du es warst, der ihr den Großteil dieser Liebe gegeben hat. Als kleine Familie lebten wir glücklich zusammen. Nie war ich fröhlicher! Mit Dir und Svenja mein Leben teilen zu dürfen und Euch an meiner Seite zu wissen, war für mich unbeschreiblich", dachte Monika, während sie auf das Foto sah, das an der Wand hing. Auf ihm war Theo zu sehen, wie er liebevoll lächelte. Dieses Lächeln kam aus seinem Herzen. Je länger Monika das Foto betrachtete, desto stärker berührte sie dieses Lächeln.

In ihr war aber nicht nur Liebe, sondern auch ein großer Schmerz. Sie erinnerte sich: „Vor etwa fünf Jahren bist Du wie gewohnt von der Arbeit nach Hause gekommen. Du warst wie immer gut gelaunt. Abends saßen wir beide auf dem Sofa und Du hast mir von der Diagnose Deines Arztes erzählt: Krebs im Endstadium. Du hast mir erklärt, warum man den Krebs nicht vorher hätte finden können und wieso eine Therapie sinnlos sei. Die Ärzte gaben Dir noch vier Wochen. Ich betete zu Gott, dass er Dich wieder gesund machen solle, dass er es nicht zulassen dürfe, mich und unsere Tochter allein auf dieser Welt zu lassen. Aber: Es geschah kein Wunder, keine Heilung. Aus den vier Wochen wurden keine vier Jahre, nicht einmal vier Monate. War für mich die Diagnose schon ein großer Schock, zog es Svenja den Boden unter den Füßen weg. Sie konnte nicht begreifen, warum der Krebs ihr den Papa nehmen sollte, den sie so sehr liebte, und wieso es keine einzige Hoffnung gab, dass Du am Ende wieder gesund werden würdest.

Du hast bis fast zum letzten Tag Deines Lebens gearbeitet und Dich so verhalten, als gäbe es diesen bösen

Krebs nicht. Hätte man Dich von außen und Deinen Alltag betrachtet, man wäre nie darauf gekommen, dass Du
sterbenskrank warst. Du hast Deine Unabhängigkeit
selbst in dieser Situation bewahrt. Ich an Deiner Stelle
hätte sofort meinen Job gekündigt, hätte etlichen Leuten
die Meinung gegeigt und wäre ein letztes Mal in den
Urlaub gefahren. Aber Du hast ganz anders reagiert:
überhaupt nicht. Du hast alles so gelassen, wie es war.

Heute verstehe ich, was Du damals gesagt hast: Es
sei selbstverständlich, jeden Tag so zu leben als wäre es
der letzte. Wahrhaftig glückliche Menschen – es gibt
nur wenige und Du warst einer von ihnen – leben ohne-
hin jeden Tag so, als sei es ihr letzter. Man braucht sie
nicht darauf aufmerksam zu machen und es ist auch
kein doofer Kalenderspruch nötig. Solche Menschen
müssen ihren Job nicht kündigen, weil sie ihn gerne machen. Sie haben nicht das Bedürfnis, anderen Leuten
ihre Meinung zu geigen, da sie für alle Menschen viel
zu viel Liebe empfinden, als dass sie ihnen auch nur ein
einziges böses Wort an den Kopf werfen würden. Und
sie wollen nicht noch einmal in den Urlaub fahren, weil
sie dieses wunderschöne Gefühl, das man im Urlaub
hat, jeden Tag in sich spüren.

Jetzt bist Du schon fünf Jahre nicht mehr da. Seit
Deinem Tod ist kein einziger Tag vergangen, an dem
ich nicht an Dich gedacht habe. Für mich warst Du nicht
die Sahne auf dem Eis, sondern der ganze Eisbecher.

Am meisten liebte ich Deine Gabe, in anderen Menschen zu lesen. Am Anfang unserer Beziehung habe ich Dich gefragt, wie Du mich findest und was Du von mir hältst. Ich war sehr überrascht, wie gut Du mich beschreiben konntest. Du sagtest: Monika, deine Seele ist wie eine Elfe aus Glas. Aber nicht aus einem Glas, wie wir es hier auf Erden kennen, sondern aus einem hauchdünnen Glas, das kaum sichtbar ist. Es ist sehr zerbrechlich. Man darf die Elfe deswegen nur mit der allergrößten Vorsicht berühren, sonst zerbricht sie. Diesen sanften Umgang vermögen nur ein paar wenige Menschen. Sie schaffen es, dass die Elfe tanzt und fliegt – gemäß ihrem Naturell.

In den letzten Tagen Deines Lebens warst Du so kraftlos, dass Du daheim geblieben bist und fast die ganze Zeit im Bett lagst. Du hattest keine Energie mehr, um aufzustehen, dachte ich. Du hast Dein ganzes Leben lang meditiert und ich habe mir sagen lassen, dass jemand, der in der Meditation geübt ist, seinen eigenen Tod gedanklich herbeiführen kann. Ich glaube, dass Du das getan hast. Du wirktest zwar abwesend, aber ich meine, dass Du geistig sehr präsent warst, wenn auch nicht in unserer Welt. Du bist mit Deinem Geist auf eine andere Ebene weitergegangen – eine Ebene der Unendlichkeit.

Unsere Tochter Svenja hat mittlerweile einen Freund. Er ist ein netter Kerl und behandelt unsere Kleine sehr gut. Ich glaube, er ist der Richtige für sie. Letztens hat sie von ihm erzählt und kam dabei ins Schwärmen. Sie strahlte wie eine Sonne. Ich bin stolz auf sie, dass sie wieder lachen kann. Nach Deinem Tod ging es ihr wirklich schlecht, aber jetzt geht es ihr besser. Was ihr geholfen hat, hast Du ihr selbst beigebracht: jeden Tag so zu leben, als wäre es der letzte. Das tut sie wirklich und schafft es immer wieder aufs Neue, andere Menschen mit ihrer fröhlichen Art zu verzaubern – vor allem mich. Sie weiß nicht, dass sie das gleiche Lächeln hat wie Du. Immer wenn ich unserer Tochter in die Augen schaue, sehe ich Dich. Das tut zwar weh, weil ich Dich so sehr vermisse, es ist aber gleichzeitig wunderschön und beruhigend. Denn wenn ich Svenjas Lächeln sehe, fliegt ein kleiner Liebesfunke aus der Unendlichkeit zu mir herüber und berührt mein Herz. Dann fühle ich, dass Du noch da bist, und spüre, wie die Elfe aus Glas zu tanzen beginnt."

Monika wurde aus ihren Gedanken gerissen, als sie Schritte hörte. Sie drehte sich um und blickte zur Türe, die offen stand. Svenja trat ins Zimmer und kam freudestrahlend auf ihre Mutter zu, um ihr eine tolle Neuigkeit zu erzählen. Als Monika das Lächeln ihrer Tochter sah, wusste sie, dass Theo in diesem Lächeln weiterlebte – so als hätte er unendlich viele letzte Tage.

Kassandras Kompass

Als Kassandra den langen Pfeifton hörte, stand sie auf und verließ die Kabine. Sie ging durch den Spielertunnel, in dem es so laut dröhnte, dass es für sie kaum auszuhalten war. Kurz bevor sie den Tunnel verließ, blickte sie nochmals hastig auf die Kabine zurück, deren Türe noch immer offen stand. Heute sollte es soweit sein. Heute war ihr großer Tag gekommen. Sie würde das Spielfeld betreten, ihr erstes Spiel machen und alles hinter sich lassen. Kassandra war aufgewühlt und angespannt. Sie wusste nicht so recht, was auf sie zukommen würde.

Nachdem sie den Tunnel verlassen hatte, stellte sie sich neben den anderen Spielerinnen auf, die bereits an der Seitenauslinie standen. Sie ließ ihren Blick über die Zuschauerränge schweifen: Das Stadion war bis auf den letzten Platz gefüllt. Es war ihr kaum möglich, jemanden zu erkennen, weil die Strahlen der Mittagssonne sie blendeten. Nach einer Weile entdeckte sie trotzdem ihre Oma Christa, die ihr zuwinkte. Da lächelte Kassandra, winkte zurück und freute sich, sie endlich einmal wiederzusehen. Die rasche Begegnung mit ihrer Oma ließ sie etwas entspannter und ruhiger werden.

Sie blickte die Seitenauslinie entlang und sah, dass der Schiedsrichter die Pässe kontrollierte. Er ging von einer Spielerin zur nächsten, las den jeweiligen Namen vor und die Spielerin musste ihr Geburtsdatum nennen, um sicher zu sein, dass es sich um die richtige Person handelte und eine Spielberechtigung vorlag. Da stand der Schiedsrichter auch schon vor ihr und las ihren Namen vor. Kassandra hatte diese klangvolle, angenehme Stimme schon einmal gehört. Sie wusste zwar nicht, woher sie diese Stimme kannte, aber sie war ihr vertraut. Etwas aufgeregt stotterte sie: „18. März." „Das ist zwar korrekt", meinte der Schiedsrichter, „aber Du darfst heute trotzdem noch nicht die Linie überschreiten und das Spielfeld betreten."

Kassandra war vollkommen außer sich und verstand die Welt nicht mehr. Sie hatte doch immer ihr Bestes gegeben, viel trainiert und gearbeitet, oft stundenlang. Das war unfair. Sie wollte heute endlich spielen. Sie merkte, wie sich ihre Hände zu Fäusten ballten, die sich bald in ihre Hüften stemmten. Wütend fragte sie: „Warum?" Der Schiedsrichter lächelte mild. „Weil Deine Spielberechtigung noch nicht freigeschaltet wurde", antwortete er. „Und warum nicht? Wer ist dafür zuständig?", fragte sie empört. Ohne ein Wort zu sagen, zeigte der Schiedsrichter auf die riesige Anzeigetafel, die weit oben unter dem Stadiondach hing.

Kassandra blickte hoch und erkannte einen Film, der auf dem Bildschirm der Anzeigetafel lief. Sie sah eine junge Person in einem kleinen Ruderboot. Sie paddelte unbekümmert und fröhlich in einem Hafen umher. Nicht nur Kassandra sah diesen Film, sondern auch die Zuschauer im Stadion schauten gebannt auf den großen Monitor. Es war im Zeitraffer zu sehen, wie die Person älter wurde, plötzlich mit ihrem Boot den Hafen verließ und auf die hohe See hinausfuhr. Die Zuschauer freuten sich und applaudierten frenetisch. Auch Kassandra spürte eine gewisse Euphorie für diese mutige Aktion. Dann jedoch war zu sehen, wie die Person im Ruderboot immer schneller und immer kräftiger paddelte, dabei aber nicht wusste, wohin sie eigentlich wollte. Orientierungslos fuhr sie mal in die eine Richtung, dann wieder in die andere. Als die Zuschauer sahen, wie die Person immer verzweifelter wurde, ihre Kräfte nachließen und wie sie letztlich vollkommen erschöpft in sich zusammensank, ging ein lautes Raunen durch das Stadion. Regungslos saß sie in ihrem Boot und trieb auf dem Wasser umher. „Ist sie tot?", fragte Kassandra. Der Schiedsrichter nickte.

Für einen kurzen Moment hielt Kassandra inne. Was hatte das mit ihr zu tun? Was sollte das? Sie wollte hier im Stadion spielen und nicht irgendeinen Film anschauen. „Geh mir aus dem Weg und lass mich aufs Spielfeld", dachte sie sich. Als hätte der Schiedsrichter ihre Gedanken lesen können, fragte er: „Siehst Du es nicht?" Doch Kassandra verstand seine Frage nicht. Was sollte sie sehen? Was wollte der Film ihr zeigen? Da zeigte der Schiedsrichter mit seinem Finger auf den Monitor und wischte in der Luft nach links. Daraufhin startete der Film von neuem. Kassandra schaute sich den ganzen Film nochmals an und wurde dabei immer verzweifelter – wie die Person im Ruderboot. Sie wusste nicht, was das sollte. Die Geräuschkulisse um sie herum wurde lauter und lauter. Die Leute johlten und schrien, klatschten und pfiffen. Als sich Kassandra den Film schließlich ein drittes und auch ein viertes Mal angeschaut hatte, wurde sie so traurig und hoffnungslos, dass sie zu weinen begann. Sie flehte den Schiedsrichter an: „Bitte gib mir meinen Pass und lass mich spielen."

Der Schiedsrichter wusste nun, dass es genug war. Es war Zeit, Kassandra aufzuklären. Er hob seinen Arm und auf einen Schlag wurde es totenstill. Die Zuschauer hielten ihren Atem an und der Schiedsrichter sprach: „Die Person im Film hat ihren Heimathafen verlassen und ist auf die hohe See gefahren. Das ist an sich richtig und wichtig. Statt sich aber auszuruhen und von Zeit zu Zeit in einer Pause darüber nachzudenken, wohin es für sie weitergehen soll und welchen Kurs sie dafür einschlagen muss, hat sie einen großen Fehler gemacht. Sie hat nicht auf ihren Kompass geachtet, sondern stattdessen immer noch energischer gepaddelt, bis sie dann voller Erschöpfung zusammengebrochen und gestorben ist."

Kassandra hatte diese Worte gehört, konnte sie aber nicht einordnen. Sie schluchzte erneut: „Bitte gib mir

meinen Pass und lass mich spielen." Da erwiderte der
Schiedsrichter auf strenge und zugleich milde Art: „Du
wirst heute nicht spielen und Dein Pass bleibt bei mir.
Aber dafür gebe ich Dir Deinen Kompass zurück." Kassandra hob den Kopf, wischte sich die Tränen aus dem
Gesicht und fragte: „Meinen Kompass?" „Ja", bestätigte
der Schiedsrichter, „Deinen Kompass. Hör einmal genau hin." Kassandra versuchte, sich zu konzentrieren.
Sie hörte nichts. „Warte noch eine Weile. Lass Dir
Zeit", gab der Schiedsrichter ihr zu verstehen. Als Kassandra schärfer hinhörte und sich zunehmend konzen-
trierte, vernahm sie auf einmal einen leisen, konstanten
Ton. Es war der lange Pfeifton, den sie gehört hatte, als
sie noch in der Kabine gewesen war. Der Schiedsrichter
sagte: „Und jetzt höre nicht nur, sondern *fühle* auch."
Kassandra wollte auch dies tun und gab sich alle Mühe.
Sie versuchte, den Ton zu erspüren. Wo kam er her? Als
sie mehr und mehr zuließ, fühlend zu hören, da wurde
der lange Pfeifton schlagartig unterbrochen – immer
und immer wieder. Der Ton verwandelte sich in ein re-
gelmäßiges Piepsen und Kassandra spürte in dessen
Takt ein Klopfen. Sie wusste, woher es kam: aus der linken Seite ihres Brustkorbs.

Sie blickte in die warmen, hellen Augen des Schieds-
richters und fragte: „Das ist mein Kompass?" Er nickte
und erklärte: „Du musst immer auf ihn hören. Er gibt
Dir die Richtung an. Du musst ihn fühlen und seine An-

weisungen befolgen. Wenn Du ihn nicht beachtest, geht es Dir wie der Person im Boot. Du wirst vollkommen erschöpft zusammenbrechen und sterben", und er fuhr fort, „Dein Kompass spricht wie eine innere Stimme mit Dir und erinnert Dich daran, wohin Du zu gehen hast. Wenn Du jedoch wie die Person im Boot, statt den Kompass zu beachten, immer weiter an Deinen Kräften zehrst, so verstummt er. Dann hörst und fühlst Du ihn nicht mehr. Denn wisse, liebe Kassandra, er ist ein leiser Gehilfe. Er schreit erst, wenn es eigentlich schon zu spät ist."

Kassandra verstand. Sie verstand ihre Lektion und merkte, dass es nun Zeit war, sich zu verabschieden, auch wenn es ihr schwer fiel. Sie blickte nach links und sah, wie ihre Großmutter auf sie zukam. Ohne ein Wort zu sagen, nahmen sich beide in den Arm. Da erst spürte Kassandra die tiefe Liebe, die sie für diesen Menschen all die Jahre empfunden hatte. Auch von ihr musste sie sich jetzt auf unbestimmte Zeit verabschieden. Doch Kassandra konnte es nicht. Sie bekam keinen Ton heraus. Ihre Oma erkannte das und sprach: „Du musst nichts sagen. Als ich Dich das erste Mal gesehen habe, wusste ich, dass Du für mich etwas ganz Besonderes bist. Ich wünsche Dir alles Gute. Pass auf Dich auf, mein Schatz!" Da bemerkte Kassandra, dass sich ihre Oma, die Zuschauer und auch das Stadion allmählich in Luft auflösten. Der Schiedsrichter fragte mit seiner wohlklingenden, vertrauten Stimme: „Du weißt, was Du zu tun hast?" Kassandra nickte. Als nahezu alles ringsherum verschwunden war, drehte sie sich um und betrat den Tunnel, durch den sie gekommen war. Sie ging ihn entlang bis vor die Kabine. Sie trat ein, schloss die Türe und legte sich auf den Boden. Sie empfand einen inneren Frieden. Alles war gut! Alles war richtig!

Kassandra wurde völlig ruhig und still. Sie hörte hin. Sie fühlte hin. Sie nahm das Piepsen des EKGs zunehmend besser wahr. Diese Auszeit, die sie gerade erfahren hatte, sollte ihr Leben für immer verändern. Sie schwor sich, fortan auf ihren Kompass, auf ihr Herz zu hören. Dann öffnete sie die Augen.

Andreas, der Astronaut

Als kleiner Junge wollte Andreas immer Astronaut werden. Er stellte sich vor, wie er in eine Rakete steigen, ins Weltall geschossen und durch den Kosmos fliegen würde.

Nach der Zeit im Kindergarten und in der Schule, machte er eine Lehre. Er wuchs in einem „normalen" Elternhaus auf, führte ein „normales" Leben, hatte gute und falsche Freunde. Zu diesen falschen Freunden gesellte sich ein unsicheres, hochsensibles Gemüt – Andreas' Gemüt. Oft war Andreas mit den Anforderungen, die ihm seine Eltern, der Arbeitgeber und die Gesellschaft stellten, überfordert. Er tat zwar immer sein Bestes, aber das war oft nicht gut genug. Und so befand er sich in einem ständigen Kampf, in dem er es anderen recht machen und den Anforderungen entsprechen wollte. Aber mit seinem Gemüt, mit seinem speziellen Naturell gab es für ihn keine Chance, dieses Ziel jemals zu erreichen. In der modernen Arbeitswelt ging er unter. Seine Kämpfe zogen sich über Jahre und nagten an seinem Seelenheil. Er war unzufrieden: mit sich und seiner Welt. Glück empfand er nur, wenn er sich mit seinen falschen Freunden traf, die ihm gezeigt hatten, wie man für eine kurze Zeit die Welt verlassen und seine Sorgen vergessen konnte. Anfangs nahm Andreas die weichen, dann die harten Drogen. Er legte eine Drogenkarriere im klassischen Sinne hin: Er konsumierte erst selbst, versorgte dann andere mit „Stoff" und schließlich ging es für ihn ins Gefängnis. Andreas sollte dreimal in den Bau wandern, ehe der Tag kam, der alles veränderte.

Andreas war erst vor ein paar Wochen aus dem Gefängnis entlassen worden, da hielt er es nicht mehr aus. Wieder einmal war ihm alles zu viel, die Anforderungen zu hoch. Er brauchte „Stoff". Kontakte zur Szene hatte er ja genügend. Die Beschaffung erwies sich als problemlos. Mit dem Heroin saß er schließlich in seiner kleinen Wohnung auf dem Sofa. Gekonnt ging er mit den Utensilien um, mit denen er sich das Rauschgift in die Venen jagte. Wenn er die Nadel ansetzte, durch die Haut stach und den Inhalt in seinen Körper drückte, zählte er währenddessen einen Countdown: „Zehn, neun, acht, sieben, sechs, fünf, vier, drei, zwei, eins, Zündung!" Er grinste, legte sich auf das Sofa und dann schoss es ihn weg. Dieser Trip sollte sein letzter sein. Er sollte alles verändern.

Andreas befand sich plötzlich auf einem Friedhof. Es war kein gewöhnlicher Friedhof, sondern dieser bestand lediglich aus einem schmalen Weg. Auf diesem Weg lief Andreas entlang. Links und rechts von ihm befanden sich unzählige Gräber, die er nur schemenhaft erkannte, weil es dunkel und düster war. Er wollte gerne anhalten und lesen, was auf den Grabsteinen stand, aber er konnte nicht stoppen, sondern musste immer weitergehen. Zur Dunkelheit kam jetzt Nebel auf. Je weiter Andreas lief, desto zäher wurde der Nebel, der ihn und den Friedhof gänzlich einschloss. Weil er nichts sah, sich aber trotzdem immer weiterbewegen musste, bekam er es mit der Angst zu tun. Sie ergriff seine Seele.

Er kam an eine Brücke. Auch hier durfte er nicht stehenbleiben, sondern wurde von einer unbekannten Kraft gezwungen, weiterzugehen. Auf der Brücke kamen ihm zwei Menschen entgegen. Er wusste nicht, wer sie waren. Er hatte sie noch nie in seinem Leben gesehen. Als er an ihnen vorübergegangen war, kam er am Ende der Brücke zum Stehen. Andreas hatte solche Angst, dass er zu schreien begann und die Hände auf seine Wangen legte. Der Nebel und die Dunkelheit wichen einem seltsamen Anblick: Der Himmel war voller, roter Wolken, aus denen Ranken in den verschiedensten Farben herunterhingen. Andreas sah gelbe und blaue Ranken, aber auch grüne und schwarze. Wie Schlangen hingen sie herunter. Nur noch einen Schritt und er würde die Brücke überquert haben. Aber diesen letzten Schritt konnte er nicht gehen, weil er zurückgehalten wurde – von den zwei Personen, an denen er zuvor vorbeigegangen war. Erst jetzt konnte er aufhören zu schreien. Er besann sich und fragte die beiden: „Was wollt ihr von mir?" „Schau!", sagten sie und zeigten auf den Himmel mit den roten Wolken und den bunten Ranken, die wie Schlangen aussahen. Andreas hörte ein lautes Getöse und sein Blick wanderte vom Himmel auf den Boden hinunter. Dort sah er eine Rakete, die gerade gezündet worden war und nach oben stieg. Und mit der Rakete stiegen auch Erinnerungen in ihm hoch – Erinnerungen an seine Kindheit, wie er als kleiner Junge Astronaut gespielt hatte: Vor seinem geistigen Auge sah er, wie er sich mit dem Motorradhelm seines Vaters auf einen Stuhl setzte und laut von zehn bis eins zählte. Dann rief er: „Zündung!", und sprang auf. Sein Zimmer verwandelte sich für ihn in das Weltall. Jetzt war er im Kosmos, jetzt gab es keine Erdanziehungskraft mehr. Er schwebte durch sein Zimmer und flog von Planet zu

Planet, von Stern zu Stern. Er traf andere Astronauten und Außerirdische, die ihm gute Freunde geworden waren. Hier in seinem „Weltallzimmer" war er glücklich. Es entsprach seinem Gemüt.

Bevor die Rakete den Himmel erreichte, verwandelte sich eine der Ranken in eine riesengroße Schlange. Die Rakete steuerte geradewegs auf sie zu. Kurz bevor sie aufeinandertrafen, öffnete die Schlange ihr Maul und die Rakete schoss in den Schlangenkörper hinein. Andreas glaubte seinen Augen kaum – vor allem als er dann sah, wie die Riesenschlange samt der Rakete vom Himmel abstürzte und zu Boden fiel. Der Aufprall verursachte einen lauten Knall und wirbelte so viel Staub auf, dass es eine Weile dauerte, bis Andreas wieder etwas sehen konnte. An der Stelle, auf der die Schlange und die Rakete aufgeschlagen waren, stand nun ein Grabstein. Auf ihm stand: Andreas, der Astronaut.

Er blickte lange auf diesen Grabstein und grübelte. Dann schaute er sich um: Die zwei Personen, der Himmel mit den roten Wolken und auch die Ranken waren allesamt verschwunden. Er stand auf der Brücke. Es stand ihm frei, zu gehen, wohin er wollte. Er konnte die Brücke vollständig überqueren und den letzten Schritt machen. Aber, wenn er wollte, konnte er auch den Weg über den Friedhof zurücknehmen. Er hielt inne und dachte nach. Jetzt wurde ihm klar, was das alles zu bedeuten hatte. In seiner Drogensucht verbarg sich eine

Sehnsucht und damit zusammenhängend die Suche nach etwas. Andreas suchte eine Möglichkeit, ein Leben als Astronaut zu führen – nicht in seinem Kinderzimmer und nicht im Weltall, sondern hier auf Erden als erwachsene Person unter seinen Mitmenschen. Daran war er bislang gescheitert. Er konnte seine Suche und seinen Traum nur erfüllen, indem er sich mit den Drogen aus der Welt schoss. Wollte er von ihnen wegkommen, musste er seinen Traum aufgeben. Denn der Wunsch, als Astronaut durch den Kosmos zu fliegen, fesselte ihn – fesselte ihn an die Drogen, da nur sie ihm diesen Wunsch erfüllen konnten. Doch diese Art der Wunscherfüllung war trügerisch, wurde Andreas durch das Rauschgift ja lediglich vorgegaukelt, fliegen zu können. Der Aufprall auf den Boden der Tatsachen erfolgte unweigerlich und hart. Er musste demnach seinen Kindheitstraum begraben, musste ihn endlich beerdigen. Erst dann würde es für ihn möglich sein, auch seine Sucht zu besiegen. Denn am Ende steckt in jeder Sucht eine Sehnsucht – nach etwas bestimmten, einem Traum oder einer Hoffnung. Solange man diese Sehnsucht nicht erfüllt bekommt, bleibt die Sucht bestehen und kann, wie im Falle von Andreas, das Leben zerstören. Er entschied sich, die Brücke nicht zu überqueren, sondern den Weg zurückzunehmen.

Als die Wirkung des Heroins nachließ und Andreas wieder zu sich kam, konnte er sich kaum rühren, so groß waren die Schmerzen. Für eine lange Zeit blieb er auf dem Sofa liegen. Immer wieder schlief er ein und wachte kurze Zeit später abrupt wieder auf. Als er endlich zu Kräften gekommen war, drehte er sich auf die Seite und setzte sich so gut es ging aufrecht hin. Er blickte vor sich auf den Tisch, auf dem noch die Spritze und die restlichen Utensilien lagen. Plötzlich sah er neben der Spritze ein Buch liegen, das er nie zuvor gesehen hatte. Wie war es dort hingekommen? Er wohnte allein und niemand außer ihm hatte einen Schlüssel für das Apartment. Er nahm das Buch in die Hand und blätterte es durch. Er stieß auf ein paar Seiten, die mit einem Leuchtmarker in roter Farbe markiert waren. Er las:

„Als kleiner Junge wollte Andreas immer Astronaut werden. Er stellte sich vor, wie er in eine Rakete steigen, ins Weltall geschossen und durch den Kosmos fliegen würde."

Joachim und die Frage nach der Schuld

Joachim öffnete die Türe seines Elternhauses und betrat die Diele. Ein altbekannter Geruch aus seiner Kinder- und Jugendzeit stieg ihm in die Nase und rief viele Erinnerungen in ihm wach. Schon lange hatte er dieses Haus nicht mehr betreten und an die vergangene Zeit zurückgedacht. Damals, nach dem Tod seines Vaters Herbert, war es kein schöner Abschied gewesen und auch jetzt war Joachim weit davon entfernt, sich zu freuen. Und das war verständlich, denn nun war auch seine Mutter gestorben. Er hatte jetzt die Aufgabe, das Elternhaus leerzuräumen und zu vermieten. Selbst einzuziehen, war für ihn keine Option, denn zu viel Trauer, Leid und negative Gedanken schwebten noch immer zwischen den Wänden.

Als erstes ging er in die Wohnstube. Seine Mutter Annegret hatte vor langer Zeit ein Bild von Herbert auf den Tisch gestellt, damit sie ihren verstorbenen Mann jeden Tag sehen konnte. Je öfter sie das Bild angeschaut hatte, desto stärker war ihr Argwohn gegen Joachim in ihrer Seele gewachsen. Was war geschehen? Joachim hatte vor etwa 20 Jahren die Reifen am Auto seines Vaters gewechselt. Damit wollte er ihm einen Gefallen tun, ihm eine Freude bereiten. Und Herbert bedankte sich auch herzlich bei seinem Sohn und strich dem damals 14-Jährigen über den Kopf. Joachim war an diesem Tag stolz gewesen, hatte er doch seinem Vater geholfen und ihm ein wenig Arbeit abgenommen. Herbert war beruflich sehr engagiert und hatte kaum Zeit für die Familie. Er war viel unterwegs und kam oft spät nach Hause, wenn die anderen bereits schliefen. Nachdem Joachim die Reifen gewechselt hatte, verbrachte die kleine Familie den restlichen Sonntag gemeinsam. Endlich hatte Herbert ein wenig Zeit für die beiden – und musste sich nicht noch mit dem nervigen Reifenwechsel plagen. Zusammen genossen sie diesen schönen Tag. Es sollte ihr letzter sein: Tags darauf fuhr Herbert mit dem Auto zur Arbeit und kam nicht wieder zurück. Er verstarb bei einem Autounfall. Der Unfallhergang wurde untersucht und ein Gutachter stellte fest, dass Herbert mit seinem Auto von der Strecke abgekommen und gegen einen dicken, massiven Baum geprallt war. Die Straße führte damals wie noch heute durch ein kleines Wäldchen und wird von Ortskundigen gerne als Abkürzung genommen, um nicht durch die Stadt fahren zu müssen. Auf ihr gibt es keine einzige Kurve. Deshalb wunderte sich der damalige Gutachter, weshalb das Auto von der Straße abgekommen war. Die Reifenspuren ließen auf ein ungewöhnliches Lenkmanöver schließen. Ursache könne ein Reh, das auf die Fahrbahn gesprungen sei, gewesen sein oder ein Rad, das sich gelöst habe, so der Gutachter. Letztlich konnte man den Unfallhergang nicht vollständig rekonstruieren, sodass Joachim und seine Mutter versuchen mussten, das tragische Unglück ausschließlich mit Spekulationen zu verstehen.

Doch jetzt, als Joachim das Haus seiner Eltern betrat, war das schon viele Jahre her. Er schaute auf die Fotos, die in der Wohnstube an der Wand hingen: Auf keinem war er zu sehen. Seine Mutter hatte alle Fotos von ihm abgehängt, weil sie ihn für den Unfall und damit für den Tod Herberts verantwortlich gemacht hatte. Für sie gab es keinen Zweifel: Joachim war schuld am Tod seines Vaters, weil er die Reifen schlampig montiert hatte. Heute kam Joachim das vollkommen absurd vor, aber als Kind war er sehr verzweifelt gewesen. Je öfter ihn seine Mutter damals spüren ließ, dass er in ihren Augen verantwortlich für den Unfall war, desto mehr glaubte er es auch. So schlichen sich irgendwann starke Schuldgefühle in seine Seele und er sagte sich: „Ich habe meinen Vater getötet. Ich bin schuld." Nach dem Tod des Vaters lebte er noch ein paar Jahre bei seiner Mutter. Sobald er das erste Geld verdient hatte, suchte er sich jedoch eine kleine, bezahlbare Wohnung und zog aus. Er hielt die Anschuldigungen seiner Mutter, die sie ihm mit ihren Blicken zuwarf, und seinen Kummer einfach nicht mehr länger aus.

Joachim verließ die Wohnstube und ging die Treppe nach oben. Er öffnete die Türe zu seinem ehemaligen Kinderzimmer und blickte kurz hinein: Alles sah noch genauso aus, wie er es vor Jahren verlassen hatte. Annegret war kein einziges Mal darin gewesen. Dann ging er in das ehemalige Arbeitszimmer seines Vaters. Auch hier hatte sich nichts verändert. Annegret hatte es kaum betreten, war doch der Schmerz über den Verlust ihres Mannes zu groß gewesen. Joachim stand vor dem Schreibtisch: Ein paar Blätter mit Notizen, ein Locher und eine Tischlampe befanden sich darauf. Er setzte sich auf den Schreibtischstuhl und sein Blick wanderte durch das Zimmer. Er sah die Regale mit den Ordnern und Büchern, einen Schrank und ein kleines Sofa. Joachim stand auf, lief zu dem Sofa und setzte sich darauf. Von dort wirkte der Raum anders: größer und weiter. „Seltsam", dachte sich Joachim. Er blickte wieder zum Schreibtisch und erkannte, dass die breite, flache Schublade, die sich unter der Tischplatte befand, ein wenig geöffnet war. Er stand auf, ging hinüber und öffnete die Schublade vollends: Lediglich ein Kuvert lag darin. Auf diesem stand: „Für Annegret und Joachim". Er nahm es langsam heraus. Seine Hände zitterten ein wenig, wusste er doch nicht, was es damit auf sich hatte. Aus dem Kuvert zog Joachim ein Blatt Papier heraus, auf dem stand:

Ich halte es nicht mehr aus.
Die Arbeit erdrückt mich.
Ich kann nicht mehr.
Es tut mir leid. Bitte verzeiht mir!

Euer Herbert

Joachim erkannte Herberts Handschrift und begriff: Es war ein Abschiedsbrief. Er stammte von seinem Vater.

Nachdem Joachim die Zeilen gelesen hatte, legte er den Brief zurück, ging zum Sofa und ließ sich darauf fallen. Nicht nur der Raum war von hier aus größer und weiter, sondern jetzt auch seine Gedanken. Sie nahmen das gesamte Zimmer, das ganze Haus ein. In jedem Atom des Hauses war nun Joachim in seinen Gedanken anwesend – unabhängig von Raum und Zeit. Er sah, wie seine Mutter in der Wohnstube vor dem Bild ihres Mannes saß und bitterlich weinte, wie sein Vater am Schreibtisch seines Arbeitszimmers hockte, das Gesicht vor Stress und Verzweiflung in die Hände vergraben. Und er sah sich als 14-jährigen Jungen, wie er die Reifen am Auto seines Vaters wechselte und dabei alles richtig machte. Neben der Liebe zu seinem Vater fühlte er eine tiefe Verbundenheit zu seiner Mutter – trotz ihrer ungerechten und falschen Schuldzuweisungen. Er spürte ihre Verzweiflung und Machtlosigkeit, nahm wahr, wie sehr sie ihren Mann all die Jahre vermisst hatte. Da erst brachte Joachim ein gewisses Verständnis für sie und ihr Verhalten auf. Erst jetzt konnte er ihr verzeihen.

Alle Schuldgefühle, die ihn gedrückt und belastet hatten, lösten sich auf. Er bemerkte, wie sich der riesige, feste Knoten auflöste, der im Laufe der Jahre in seinem Herzen gewachsen war. Joachim atmete tief ein und lange aus – und mit dem Ausatmen entschwand all die Trauer, all das Leid. Er fühlte sich wie neu geboren. Joachim war ein neuer Mensch.

Die schützende Hand

Wilfried sollte mit 68 Jahren am Höhepunkt seiner sportlichen Karriere ankommen: Ihm winkte die Teilnahme an Olympia. Nur noch ein halbes Jahr und er sollte sich mit den Mannschaftskollegen aus dem Kroketteam in den Flieger setzen und abheben. Er konnte es kaum fassen: Der Bundestrainer hatte ihn nominiert! Zwar sollte er nur als Ersatzspieler fungieren, aber dass er es überhaupt ins Olympiateam geschafft hatte, überraschte ihn. Er war überzeugt, dass sich seine Ehefrau Margarete mit ihm freuen würde. Fragen konnte er sie nicht, denn sie war bereits vor 18 Jahren gestorben.

Wilfried und Margarete waren das absolute Traumpaar gewesen und jeder hatte sie beneidet, wie liebe- und respektvoll sie sich gegenseitig behandelten. Als Wilfried vor vielen Jahren eine neue Niere brauchte, überlegte seine Frau nicht lange und spendete ihm eine von ihren, nachdem die Ärzte grünes Licht gegeben und die gegenseitige Verträglichkeit bestätigt hatten. Doch bei der Operation kam es zu Komplikationen. Wilfried hatte zwar Margaretes Niere empfangen, die ihm problemlos eingesetzt wurde. Das eigentliche Drama spielte sich jedoch nicht bei ihm, sondern bei ihr ab: Bei der Entnahme des Organs war Margaretes Herz plötzlich stehen geblieben. Die Ärzte hatten zwar sofort versucht, sie zu reanimieren, aber sie konnten Margarete nicht zurück ins Leben holen. Sie starb auf dem OP-Tisch. Für Wilfried bedeutete das den größten Schock und Verlust seines Lebens. Seine liebe Frau war nicht mehr bei ihm. Um nicht zu verzweifeln, hatte er sich einen Gedanken konstruiert: In seinen Augen war Margarete gestorben, damit *er* leben konnte. Sie hatte sich geopfert. Noch heute kümmerte sie sich um Wilfried und hielt ihre schützende Hand über ihn, glaubte er. Dieser Gedanke hatte ihm damals so viel Kraft gegeben, dass er trotz seines großen Verlustschmerzes, den er im Herzen trug, weiterleben konnte. Er wollte seine große Liebe immer bei sich haben und trug deshalb stets ein Foto von Margarete in seiner linken Brusttasche. Damit war sie ganz nah bei seinem Herzen. Er nahm das Foto oft heraus und sprach mit ihr, erzählte, was er jeden Tag erlebte und wie sehr sie ihm fehle, dass er sie liebe, wie oft er an sie denken müsse und wie froh er war, dass sie nach ihm schaue. Am Ende jedes „Gespräches" sagte Wilfried: „Danke für alles. Ich liebe Dich."

Auch heute zog Wilfried das Bild seiner Frau aus der Brusttasche und erzählte ihr von der Nominierung für Olympia. Er freute sich sehr darüber, war er doch ein passionierter Krocketspieler. Bereits als kleiner Junge spielte er nahezu täglich, hatte aber niemals große Ambitionen. Doch als Margarete verstorben war, musste er sich nicht nur die Zeit, sondern auch all seinen Kummer vertreiben. Und so schloss er sich einer Krocketmannschaft an und begann wie besessen zu trainieren. Er wurde zwar nicht der Beste des Vereins, aber er spielte auf sehr hohem Niveau. Da er genügend Zeit und Willen hatte, galt er als sehr zuverlässig: Es gelang ihm, eine konstant gute Leistung abzuliefern. Seine Zuverlässigkeit war letztlich das ausschlaggebende Argument dafür, dass ihn der Bundestrainer nominiert hatte. Dieser brauchte Ersatzspieler, die, wenn sie eingesetzt würden, liefern konnten. Mit seinen 68 Jahren galt Wilfried zudem als routiniert genug für solche Aufgaben. Dass er es tatsächlich schaffen würde, konnte er kaum glauben. Aufgeregt erzählte er Margarete davon, während er ihr Bild in seiner Hand hielt. Zum Schluss sagte er: „Danke für alles. Ich liebe Dich."

Nur noch ein paar Wochen und es sollte soweit sein: Die Olympischen Spiele würden bald beginnen. Wilfried war überglücklich. Nach 18 Jahren Einsamkeit und Trauer waren die Spiele für ihn der Stern am Himmel, der ihn zum Weitergehen und Weiterleben ermunterte. Wie jede Woche ging Wilfried auch diesen Dienstag zu seinem Arzt, der seine Niere und Lunge überprüfte. Beides sollte regelmäßig beobachtet werden, denn Wilfrieds Lunge war angegriffen, da er seit einigen Jahren an einer chronischen Bronchitis litt. Er legte sich wie immer auf die Liege, sodass der Arzt seine Lunge abhören und per Ultraschall die einzige Niere, die Wilfried noch hatte, untersuchen konnte. Für gewöhnlich dauerte dieser Gesundheitscheck ein paar wenige Minuten. Wilfried konnte das mittlerweile gut einschätzen, kam er doch schon seit Jahren zur Kontrolle hier in diese Praxis. Doch an diesem Tag sollte die Untersuchung länger dauern. Das war ungewöhnlich – und Wilfried beschlich ein seltsames Gefühl der Unsicherheit und Angst. Der Arzt, sonst ein gesprächiger Mensch mit resolutem Auftreten, sagte zunächst nichts, sondern runzelte lediglich die Stirn. „Ich würde gerne noch ein CT machen", meinte der Arzt. „Warum das? Was ist los?", wollte Wilfried wissen. „Ich möchte auf Nummer sicher gehen", antwortete der Mediziner.

Nach einer quälenden halben Stunde und mit einem mulmigen Bauchgefühl wurde Wilfried in die Röhre geschoben. Für ihn dauerte diese Untersuchung entsetzlich lange, bevor er endlich wieder im Besprechungszimmer des Arztes saß. Dieser sagte: „Mein Verdacht hat sich leider bestätigt. Sie haben eine Zyste an der Niere. Das erklärt Ihre schlechten Werte. Wir brauchen noch weitere Tests. Vorher kann ich nicht sagen, ob die Zyste gutartig ist oder vielleicht bösartig. Wir müssen abwarten." Wilfried war vollkommen am Boden zerstört und fragte, was das nun bedeute. Der Arzt erklärte ihm, dass er für die kommenden Wochen in ein Spezialkrankenhaus müsse, wo sämtliche Untersuchungen gemacht würden. Aber Wilfried wollte in kein Krankenhaus, sondern mit der Nationalmannschaft an Olympia teilnehmen. Er wusste, dass dies seine letzte Chance war, um bei den Spielen dabei zu sein. In vier Jahren wäre er zu alt gewesen, weil jüngere, bessere Spieler nachkamen. Außerdem würde seine Lungenerkrankung einen Flug wahrscheinlich nicht mehr zulassen. Er versuchte vehement, mit dem Arzt zu verhandeln und den Krankenhausaufenthalt auf später zu verschieben. Wilfried erzählte von seiner Nominierung durch den Bundestrainer und wie viel es ihm bedeutete, zu den Olympischen Spielen zu reisen. Aber der Arzt ließ nicht mit sich reden: „Entweder machen Sie das so, wie ich es Ihnen rate, oder Sie werden sterben", formulierte er mit drastischen Worten. Für Wilfried brach eine Welt zusammen – wieder einmal. Der Stern „Olympia", der ihn bis dahin geleitet hatte, erlosch für immer.

Mit gesenktem Kopf ging Wilfried nach Hause, wo er sich erschöpft und enttäuscht an den Küchentisch setzte. Er griff mit der Hand in seine Brusttasche, holte das Foto von Margarete heraus und legte es vor sich auf den Tisch. Tränen liefen über seine Wangen und tropften auf das Bild. Er war am Boden zerstört. Kein Olympia. Vielleicht nie wieder Krocket spielen. Das, was ihm am Leben erhalten hatte, schmolz wie Schnee unter der Sonne. In seiner Verzweiflung vergaß er seine Liebe zu Margarete und klagte sie an: „Wo warst Du als ich Dich wirklich gebraucht habe? Wo war Deine schützende Hand? Ich habe mich auf Dich verlassen und Du hast mich enttäuscht." Wilfried konnte nicht glauben, dass seine Frau ihm nicht geholfen, dass sie ihn übersehen und ein zweites Mal verlassen hatte. Wütend schlug er mit der Faust auf den Tisch, vergrub sein Gesicht in seine Hände und begann herzzerreißend zu schluchzen. Erst allmählich beruhigte er sich, nahm das Telefon und informierte den Bundestrainer über alles. Dieser reagierte ruhig, sprach Wilfried Mut zu und meinte, dass die Gesundheit nun wichtiger sei. Auch wenn das Wilfried insgeheim wusste, waren die seelischen Schmerzen im Moment größer als jeder vernünftige Gedanke.

Die Zeit verging und mittlerweile hielt sich Wilfried in dem Spezialkrankenhaus auf, das ihm von seinem Arzt empfohlen worden war. Hier wurde er wegen seiner Nierenzyste und seiner chronischen Bronchitis untersucht. Auch wenn das Personal sehr nett zu ihm war und er das auch anerkannte, half ihm nichts über seinen Kummer hinweg – vor allem als er erfuhr, dass die Sportler sich nun aufmachten, um ins olympische Dorf zu reisen. Als er davon hörte, stellte er sich vor, wie er mit den anderen Krocketspielern der Nationalmannschaft im Flugzeug saß und sie es sich dort gut gehen lassen, wie er in der ersten Klasse fliegen – das erste Mal in seinem Leben – und sich mit den anderen über seinen geliebten Sport austauschen würde. Doch all das war nichts weiter als eine Fata Morgana. Wilfried realisierte schnell, dass er kein fröhlicher Olympionike im

Flugzeug war, sondern ein trauriger Patient im Krankenhaus. Immer stärker und mächtiger wurde die Trauer,
die sich tiefer und tiefer in seine Wunde bohrte. Als er
die Schmerzen nicht mehr ertrug, zog er das Bild seiner
Frau aus der Brusttasche. Aber anstatt sich bei ihr zu
bedanken und ihr zu sagen, dass er sie liebe, wie er es
sonst immer tat, warf er das Foto wütend in den Mülleimer,
der sich in seinem Krankenhauszimmer befand. Er
war verzweifelt, dachte an die Zyste in seinem Körper
und war sich sicher, dass sie bösartig sein würde. In diesem Moment war Wilfried überzeugt, dass er bald sterben müsse.

Am nächsten Morgen kam die Krankenschwester in
Wilfrieds Zimmer und brachte ihm sein Frühstück. „Das
müssen Sie gestern verloren haben", sagte sie und reich-
te Wilfried das Foto seiner Frau, das er weggeschmissen
hatte, „ich habe es gestern im Mülleimer gefunden." Als
Wilfried gerade widersprechen und das Foto nicht an-
nehmen wollte, flüsterte die Krankenschwester aufgeregt: „Eigentlich darf ich es Ihnen ja nicht sagen, aber
ich habe gerade vom Chefarzt erfahren, dass es Ihrer
Lunge bis auf die Bronchitis gut geht und dass Ihre Zyste gutartig ist. Ich freue mich sehr für Sie." Vollkommen baff stammelte Wilfried ein „Danke" hervor. Mit
einem „Guten Appetit" verließ die Pflegerin das Zimmer, nachdem sie ihm die Zeitung und das Foto auf den
Tisch gelegt hatte. Wilfried verstand die Welt nicht

mehr. Noch gestern hatte er den Tod direkt vor Augen. Und jetzt? Jetzt war er gesund. Sein Traum von Olympia war gestorben. Doch er? Er lebte! Er würde nach wie vor seinem geliebten Hobby, dem Krocketspielen, nachgehen können, die farbigen Bälle durch die kleinen Tore schießen und weiterhin: leben. Das war ein Geschenk – und es war so viel mehr wert als die Teilnahme an den Olympischen Spielen. Wilfried begriff. Er begriff, dass dieses Geschenk von Margarete kam.

Da schaute er auf die Zeitung und las die Schlagzeile des Tages: „Drei Olympioniken an Corona gestorben". Wilfried überflog den Artikel und realisierte, dass sich in dem Flugzeug, in dem er hätte sitzen sollen, alle Passagiere mit dem Virus angesteckt hatten. Ein paar wenige Mitreisende waren infiziert, was wiederum ausreichte, um alle anderen anzustecken. Drei von ihnen starben bereits nach wenigen Stunden, weil sie zur Risikogruppe gehört hatten: einer war Diabetiker, zwei – wie Wilfried – lungenkrank. Da stellte sich Wilfried vor, was wohl geschehen wäre, wenn er in diesen Flieger gestiegen wäre: Auch er hätte sich angesteckt. Da beschlich ihn ein mulmiges Gefühl, denn er war sich sicher, dass auch er an diesem Virus gestorben wäre, dass auch er zu den Todesopfern gezählt hätte, die tagtäglich genannt wurden. Da stockte ihm der Atem, weil er nun erkannte, wie groß und wertvoll das Geschenk war, das er von Margarete erhalten hatte.

All das überwältigte Wilfried: Die Zyste war gutartig und der von ihm beklagte Krankenhausaufenthalt stellte sich nun als ein Glücksfall heraus. Da schaute er auf das Foto, das gestern noch im Müll lag, und erinnerte sich, wie sehr er seine Frau angeklagt und ihr vorgeworfen hatte, dass sie ihn allein gelassen und ihre schützende Hand von ihm genommen hatte. Wilfried begann zu weinen und schämte sich. Er schämte sich, weil er vergessen hatte, wie sehr er Margarete liebte, dass sie all die Jahre an seiner Seite gestanden und für ihn gestorben war, dass sie ihm eine Niere gespendet und ihn immer beschützt hatte. Vollkommen aufgelöst schluchzte er: „Bitte verzeih mir." Mit Tränen in den Augen drückte er das Foto fest an seine Brust und sagte: „Danke für alles. Ich liebe Dich."

Tief vergraben

Sonja war die letzten Wochen und Monate sehr müde. Was genau mit ihr los war, wusste sie nicht. Sie fühlte sich ausgelaugt und niedergeschlagen. Früh ging sie ins Bett, schlief viele Stunden und kam am nächsten Tag trotzdem nicht aus den Federn. So auch heute: Der Wecker klingelte minutenlang und Sonja hatte einfach nicht die Motivation und Kraft, ihren Arm auszustrecken und ihn auszuschalten. Es war, als befände sich ein tiefer

Graben zwischen ihr und dem Wecker, zwischen ihr und der Zeit.

Endlich hatte sie es doch geschafft, den Wecker auszumachen und allmählich aufzustehen. Die Tage waren schrecklich für Sonja. Sie stand mit Rückenschmerzen auf, die, wie sie dachte, vom vielen und langen Liegen kämen. Ihr Kopf brummte zudem wie eine Kolonne Lastkraftwagen, die über die Autobahn donnerte. Sie schleppte sich vom Bett ins Bad, daraufhin in die Küche, machte sich einen Kaffee und setzte sich dann auf das Sofa im Wohnzimmer. Appetit hatte sie schon lange nicht mehr. Ab und zu aß sie einen kleinen Happen, aber nicht, weil sie Hunger hatte, sondern weil sie ihr noch verbleibender Lebenswille dazu zwang. Da sie so wenig zu sich nahm, knurrte ihr die ganze Zeit der Magen. Sie hatte Bauchschmerzen und fühlte sich unendlich schlapp – als würde jemand oder etwas sie von oben herab nach unten drücken.

Der Tag verging. Es war noch nicht Abend, da legte sich Sonja schon wieder ins Bett, um zu schlafen und sich tief zu vergraben. Auch in dieser Nacht durchlebte sie wieder diesen einen Traum, den sie in letzter Zeit so oft hatte: Sie ging durch eine Stadt und ahnte, dass sie von einer schwarz gekleideten, starken Person verfolgt wurde. Ängstlich lief sie immer schneller, bis sie schließlich zu rennen begann. Außer ihr und der Person, den Häusern und Straßen gab es nichts um sie herum.

Als der Verfolger immer näher kam und sie an der Schulter packte, wachte Sonja auf. Sie atmete aufgeregt. Ihr Brustkorb senkte und hob sich in einem schnellen Takt. Erst allmählich beruhigte sie sich. Sie drehte sich auf die rechte Seite und blickte hinüber zum Fenster, das sich auf der gegenüberliegenden Seite des Zimmers befand. Sie erkannte durch den Schein der Straßenlaterne, dass es draußen schneite. Die Schneeflocken waren groß und dick und flogen langsam hinab.

Wie die Flocken nach unten flogen, so war es in letzter Zeit mit Sonja geschehen. Immer mehr verlor sie ihre Kraft, immer mehr ihre Motivation. Hatte sie sich früher für die verschiedensten Themen interessiert, Freunde getroffen und vieles unternommen, so lebte sie im Moment zurückgezogen und konnte sich an nichts mehr erfreuen. Auch wenn sie sich zwang, z. B. ein Sudoku zu machen, konnte sie sich nicht genügend konzentrieren, um es zu vollenden bzw. vollständig auszufüllen. Sie hatte die Lust an all den Sachen und Aktivitäten verloren, die ihr früher so viel Freude bereiteten. Ihr Leben spielte sich eigentlich nur noch in ihren eigenen vier Wänden ab. Selten kamen noch Leute zu Besuch, kümmerte sie sich doch nicht mehr um ihre Freundschaften. Nicht, dass es einen Streit zwischen ihr und ihren Bekannten gegeben hätte – nein, zum Streiten hatte sie weder Lust noch Kraft. Es war letztlich eine schleichende Entwicklung gewesen: Als sie begann, sich zurückzuziehen, wurden auch die Nachrichten der Freunde weniger. Dass es soweit gekommen war, dafür machte sich Sonja selbst verantwortlich. Wie dumm und unfähig sie doch sei, dachte sie oft. Sie hatte ein schlechtes Gewissen und anstatt zu versuchen, die Kontakte wieder zu beleben, vergrub sie sich in ihrer Wohnung und ihren Selbstzweifeln.

Während sie, liegend im Bett, noch immer aus dem Fenster blickte und die Schneeflocken verfolgte, schlief sie wieder ein. Nach einigen Stunden Schlaf klingelte der Wecker. Allmählich wachte Sonja auf, öffnete langsam ihre Augen und blickte zum Wecker hinüber, der ihr quasi ins Gesicht schrie, dass es nun Zeit wäre. Es war, als befände sich ein tiefer Graben zwischen ihr und dem Wecker, zwischen ihr und der Zeit. Als sie es endlich geschafft hatte, den Wecker auszustellen, stand sie auf, ging wie immer ins Bad und dann in die Küche, um sich mit einem Kaffee den ganzen Tag aufs Sofa zu legen und sich dort unter einer Decke vor der Welt zu vergraben. Auch dieser Tag sollte so eintönig wie die anderen verlaufen.

Die Wochen vergingen und Sonja verbrachte die kurzen Tage auf dem Sofa und die langen Nächte im Bett. So müde, wie sie in dieser Zeit war, hatte sie sich all die Jahre zuvor nie gefühlt. Je mehr und länger sie schlief, desto öfter träumte sie von der schwarz gekleideten Person, von der sie verfolgt wurde. Eines Nachts war es wieder soweit: Der Nachtmahr sollte sie erneut aufsuchen und sich auf ihre Brust setzen. Und so eilte Sonja immer schneller durch die Stadt, um ihrem Verfolger zu entkommen. Sie rannte und rannte – aber nichts half. Der Verfolger war dicht hinter ihr und kam immer näher: Gleich sollte er sie an der Schulter packen! Doch dann glimmte ein helles Licht auf – kurz, aber intensiv. Woher dieses Licht kam, wusste Sonja nicht. Sie spürte lediglich wie hell und warm es war und wie es ihr den Mut gab, sich umzudrehen. Sie sah dem schwarz gekleideten Verfolger direkt ins Gesicht und dann geschah etwas Wunderbares: Er löste sich in Luft auf! Erst jetzt konnte Sonja sich umschauen und erkannte dabei, dass sie nicht nur von Häusern umgeben war, sondern von vielen, vielen Menschen. Alle streckten ihr die Hände entgegen oder standen mit offenen Armen da. Als Sonja in die Augen dieser Menschen blickte, nahm sie sogar ein Band zwischen sich selbst und diesen Personen wahr – ein Band der Fürsorge und Liebe. Da erwachte Sonja kurz und blinzelte mit den Augen in Richtung Fenster. Sie meinte zu erkennen, dass die Straßenlaterne für eine kurze Zeit heller als sonst leuchtete, wunderte sich und schlief wieder ein.

Als der Wecker am nächsten Morgen klingelte, riss Sonja ihre Augen auf und schaltete ihn einfach aus. Es war, als befände sich kein tiefer Graben mehr zwischen ihr und dem Wecker, zwischen ihr und der Zeit. Jetzt gab es keinen Graben mehr zwischen Sonja und ihrem Leben.

Nachwort

Grenzerfahrungen verdeutlichen den widersprüchlichen Charakter des Lebens, an dem wir entweder zerbrechen oder wachsen. Auch wenn wir uns immer in verschiedenen Situationen befinden, so ist die Grundstruktur der Welt stets dieselbe: Allem liegt die Widersprüchlichkeit des Lebens zugrunde. Sie ist dafür verantwortlich, dass das Leben nicht aufhört und zum Stehen kommt, sondern etwas Dynamisches ist und stets weitergeht. Alles befindet sich im Wandel.

Auch wie wir die Welt wahrnehmen, unterliegt einer Veränderung. Das geschieht oft mit dem Älterwerden: Man denke an seine eigene Vergangenheit zurück und vergleiche seine Weltanschauung als Kind, Jugendlicher und Erwachsener. Bei jedem von uns wandeln sich die Sichtweisen im Laufe der Jahre. Dafür ist allerdings nicht immer ein außergewöhnliches Ereignis nötig. Grenzerfahrungen können die persönliche Entwicklung jedoch beschleunigen und entscheidend beeinflussen. Sie offenbaren nämlich die Widersprüchlichkeit des Lebens am intensivsten, weil sie den Menschen in seinem Menschsein, in seiner Zerbrechlichkeit zeigen. Dann sind wir gerade nicht durch die alltäglichen Verrichtungen abgelenkt, sondern voll und ganz auf uns konzentriert, ja, mit uns und unserem Dasein – in all seinen

Facetten und Nuancen – konfrontiert. Glaubenssätze, Weltbilder und Selbstverständlichkeiten geraten ins Wanken und stürzen zusammen. Wir fragen uns, wer wir sind, was wir tun sollen, was wir glauben und wissen können. Wir stellen die Frage nach dem Sinn des Lebens – und indem wir darüber nachdenken, verändern sich unsere Sichtweisen: alte lösen sich auf und neue entstehen – das nennt man Prozess.

In diesem Prozess ist es möglich, dass wir in einen tiefen Abgrund stürzen und völlig untergehen. Wenn sich nämlich eine Sichtweise auflöst, entsteht zunächst eine Leere. Es zeigt sich das Nichts. Dann kann es passieren, dass sich der Mensch dem Leben verweigert und eine gewisse Passivität an den Tag legt, die ihn in seiner Entwicklung erstarren lässt: Er verkriecht sich in eine lebensverneinende Weltsicht und schlägt den „Weg" des Stillstands und Sichverweigerns, des Nichts und Sichverkriechens (in eine Sichtweise) ein.

Doch Grenzerfahrungen bieten auch die Möglichkeit für Wachstum und den Weg des Fortschritts an. Sie können der Katalysator für unsere Entwicklung sein, uns wachrütteln und wiederbeleben. Denn mit jedem Untergang der einen Sichtweise entsteht zugleich eine neue. So handelt es sich streng genommen nicht um eine Auflösung, sondern eine Um- bzw. Verwandlung (Metamorphose) der *einen* Sichtweise. An ihr zu arbeiten, ist die Aufgabe des Menschen – und dabei die widersprüchliche Grundstruktur der Welt zu akzeptieren und ein anderes Bewusstsein zu erlangen, um sich selbst zu finden. Das ist der Prozess des Lebens. Das ist Leben.

Zeitfracht Medien GmbH
Ferdinand-Jühlke-Straße 7
99095 Erfurt, Deutschland
produktsicherheit@kolibri360.de